JEAN DE LA FONTAINE,
UN ÉCRIVAIN AUX MILLE ET UNE FACETTES

— Des *Fables* aux *Contes*,
l'itinéraire d'une œuvre vaste et variée

par Marie Piette

50MINUTES

Avec la collaboration de Nathalie Hancisse

JEAN DE LA FONTAINE

- **Naissance ?** Né le 7 ou le 8 juillet 1621 à Château-Thierry (Champagne).
- **Mort ?** Décédé le 13 avril 1695 à Paris.
- **Contexte ?** Le règne de Louis XIV (1638-1715) et le développement de l'esthétique classique.
- **Œuvres majeures ?**
  - *L'Eunuque* (1654)
  - *Adonis* (1658)
  - *Le Songe de Vaux* (1659-1661, œuvre inachevée)
  - *Élégie aux nymphes de Vaux* (1661)
  - *Contes et Nouvelles en vers* (1664-1685)
  - *Fables* (1668-1694)
  - *Les Amours de Psyché et de Cupidon* (1669)
  - *L'Épître à Huet* (1687)

Écrivain classique, Jean de La Fontaine compose ses vers à l'époque où Louis XIV règne en maître absolu sur toute la France. S'il ne bénéficie pas de la protection du monarque, qu'il n'hésite d'ailleurs pas à critiquer, il peut tout de même compter sur l'appui de plusieurs mécènes, dont le surintendant des Finances, Nicolas Fouquet (1615-1680), pour vivre de sa plume.

Sa renommée lui vient essentiellement de ses *Fables*, un genre auquel il donne une seconde vie et une nouvelle valeur poétique et littéraire. Mais les *Fables* ne représentent qu'un volet d'une œuvre au demeurant extrêmement vaste et variée. La Fontaine, qui se définit lui-même comme un « papillon du Parnasse » dans son *Discours à Mme de La Sablière* (1684), aime vagabonder et virevolter d'un genre à l'autre, avec plus ou moins de succès. Auteur ambigu, paradoxal et aux multiples facettes, il se montre tantôt moralisateur, tantôt libertin. Aussi se range-t-il officiellement du côté des Anciens tout en se montrant profondément moderne dans la manière de se réapproprier les œuvres antiques. En effet, La Fontaine ne choisit pas : il alterne, concilie et mélange les sources, mais aussi les genres, les registres, les mètres, les rimes... Il s'agit là de l'un des fondements de sa poétique, qui rend son œuvre et son écriture d'une richesse étonnante. C'est donc à juste titre qu'il est aujourd'hui considéré comme l'un des écrivains les plus originaux de la littérature française.

CONTEXTE

LA FRANCE SOUS LOUIS XIV

Lorsque La Fontaine écrit ses œuvres, la France brille sur toute l'Europe par ses lettres, ses armes et son étiquette. Elle est alors gouvernée par Louis XIV, surnommé le Roi-Soleil, qui achève le laborieux travail de concentration et de renforcement du pouvoir royal entamé par ses prédécesseurs. Son règne constitue l'apogée de la monarchie absolue de droit divin.

Profondément marqué par le soulèvement du Parlement puis des nobles lors de la Fronde (1648-1653), Louis XIV décide d'écarter la noblesse de toute fonction politique, s'entourant seulement de quelques fidèles ministres et conseillers issus de la bourgeoisie, dont le plus célèbre est Jean-Baptiste Colbert (1619-1683), contrôleur général des Finances. Toutefois, estimant trop dangereux de laisser les nobles sans surveillance et libres de comploter à leur guise, il les invite à Versailles, où il leur distribue volontiers pensions et gratifications, comme pour les domestiquer. C'est ainsi que la noblesse française devient courtisane : au lieu de chercher à se rebeller, les nobles s'emploient à faire des courbettes devant le roi afin de s'attirer ses faveurs.

Pour financer le nouveau système mis en place, ainsi que les nombreuses guerres et conquêtes dans lesquelles il se lance, le souverain se repose sur la paysannerie. Le peuple, déjà contraint de vivre avec de très maigres revenus, est lourdement taxé. Certains paysans grognent, et plusieurs mouvements de révolte successifs voient le jour dans le royaume. Mais ces soulèvements sont réprimés de manière impitoyable : les rebelles sont, pour la plupart, torturés et exécutés sans pitié.

LA LITTÉRATURE ET LES ARTS AU XVIIᵉ SIÈCLE

En France, le XVIIᵉ siècle est extrêmement prolifique dans le domaine des arts. Il est notamment marqué par l'empreinte du classicisme, dont l'apogée se situe entre 1643 et 1715, et dont l'écrivain Nicolas Boileau (1636-1711) donne les grandes lignes dans son *Art poétique* (1674). Équilibre, sobriété, harmonie, naturel, rationalité, universalité… Voilà les maîtres mots de l'esthétique classique. Des règles sont alors édictées pour guider les artistes dans cette voie : François de Malherbe (1555-1628) énonce les codes de la prosodie classique, prônant une poésie claire et régulière, et la célèbre règle des trois unités (de temps, de lieu et d'action) s'impose au théâtre. C'est également à cette période, plus précisément en 1635, que l'Académie française est créée par le cardinal de Richelieu (1585-1642), notamment dans le but de codifier la langue française. Les auteurs classiques se font par ailleurs l'écho de prestigieux auteurs antiques tels qu'Homère (VIIIᵉ siècle av. J.-C.), Cicéron (106-43 av. J.-C.) ou encore Virgile (70-19 av. J.-C.).

Le classicisme étant considéré comme l'esthétique officielle, le roi lui-même se présente comme un protecteur des arts. Mécène important, il octroie des pensions aux artistes et leur commande de nombreuses œuvres. Molière (1622-1673), Bossuet (1627-1704), Boileau et Racine (1639-1699) font notamment partie de ses favoris. En revanche, Louis XIV se montre plutôt indifférent envers La Fontaine. Cependant, la protection du monarque est loin d'être gratuite : en échange, les artistes doivent continuellement faire son éloge. La censure est sévère pour qui ose critiquer la cour, et la liberté d'expression s'en trouve extrêmement réduite. Aussi, si l'Académie française confère aux écrivains une certaine légitimité, reste-t-elle en même temps, pour le pouvoir en place, un instrument de contrôle efficace sur eux.

Enfin, c'est encore au XVIIe siècle que les salons littéraires, souvent organisés chez des femmes riches et cultivées, voient le jour, offrant de nouveaux lieux de sociabilité aux écrivains, aux philosophes, aux artistes et aux politiciens. On y cultive l'art de la conversation et on s'y entretient sur les choses de l'esprit. Ces salons ont une grande influence sur les arts et la littérature. Les plus célèbres sont ceux de la marquise de Rambouillet (1588-1665), de Madeleine de Scudéry (1607-1701) et de Marguerite de La Sablière (1636-1693), protectrice de La Fontaine.

LA QUERELLE DES ANCIENS ET DES MODERNES

À partir de la Renaissance et jusqu'au XVIIIe siècle, les écrivains considèrent que bien écrire, c'est être capable d'imiter les prestigieux modèles antiques qui ont, selon eux, atteint la perfection. En ce sens, des citations peuvent être reprises telles quelles et insérées dans d'autres textes sans que leur source ne soit mentionnée. Il convient donc de distinguer la notion d'imitation de celle de plagiat qui a cours aujourd'hui, au risque de commettre un anachronisme. Si, de nos jours, les critères utilisés pour juger les œuvres sont l'originalité et l'unicité, au XVIIᵉ siècle, il en allait tout autrement. Ce n'est qu'au siècle suivant que les écrivains ont peu à peu commencé à considérer leurs œuvres comme leurs biens propres et à réclamer des droits d'auteur.

Toutefois, déjà à partir du début du XVIIᵉ siècle, un certain esprit moderne affleure et remet en question l'idée selon laquelle plus aucun progrès n'est possible en art. Cela provoque, à la fin du siècle, un intense et virulent débat désigné dans l'histoire littéraire comme la querelle des Anciens et des Modernes. Tandis que les premiers, parmi lesquels on trouve Boileau, La Fontaine, Racine, Bossuet ou encore La Bruyère (1645-1696), restent résolument tournés vers le passé et prônent l'imitation envers et contre tout, les seconds, représentés entre autres par Charles Perrault (1628-1703), sont davantage tournés vers l'avenir : ils n'hésitent pas à critiquer les modèles grecs et romains, considérant qu'il est possible de les surpasser et que de nombreuses choses restent encore à découvrir. La querelle se terminera finalement par la victoire, toute relative, des Modernes, dont les idées seront notamment reprises par les romantiques au XIXᵉ siècle.

DU NOVICIAT AUX ÉTUDES DE DROIT

Jean de La Fontaine naît le 7 ou le 8 juillet 1621 – il est en tout cas baptisé le 8 – à Château-Thierry, en Champagne, dans une famille appartenant à la bourgeoisie moyenne. Son père, Charles de La Fontaine, est maître triennal des Eaux et Forêts, et sa mère, Françoise Pidoux, est veuve d'un premier mari, Louis de Jouy, un riche négociant. Jean de La Fontaine a une demi-sœur, Anne de Jouy, et un frère cadet, Claude de La Fontaine.

Il étudie d'abord au collège de Château-Thierry, où il apprend le latin. S'il décide ensuite de se lancer dans une carrière ecclésiastique et qu'il entre, en 1641, à l'Oratoire de Paris, il finit cependant par changer d'orientation, éprouvant vite des difficultés à se soumettre aux règles austères de l'Église. En 1645, il entreprend alors des études de droit afin d'obtenir le titre d'avocat en la cour du Parlement. Parallèlement, il fréquente le groupe littéraire des Chevaliers de la Table Ronde avec, entre autres, François de Maucroix (1619-1708), son ami de longue date, Antoine Furetière (1619-1688), auteur d'un *Dictionnaire universel* (1684, puis 1690 pour l'édition complète), François Charpentier (1620-1702) et Paul Pellisson (1624-1693).

En 1648, il se marie avec Marie Héricart, la fille d'un magistrat, qui lui apporte une belle dot et lui donnera un fils en octobre 1653. Mais La Fontaine ne brille pas dans le rôle d'époux ni dans celui de père de famille : profondément libertin, il préfère mener une vie affranchie des carcans familiaux.

VERS UNE CARRIÈRE LITTÉRAIRE

En 1652, Jean de La Fontaine devient à son tour maître des Eaux et Forêts, puis, en 1658, au décès de son père, reçoit en outre les charges de ce dernier. Mais il consacre plus de temps à l'écriture qu'à ses fonctions forestières. En 1654, il publie *L'Eunuque*, une comédie adaptée de Térence (185-159 av. J.-C.), sans grand succès.

En 1658, il entre au service de Nicolas Fouquet, à qui il offre le poème *Adonis*. En échange d'une pension importante, il compose des vers glorifiant l'homme d'État et sa famille. C'est aussi à cette époque, vers 1659-1661, qu'il écrit *Le Songe de Vaux*, une œuvre restée inachevée destinée à célébrer la beauté du château de Vaux-le-Vicomte, la demeure de Fouquet. En 1661, lorsque ce dernier est arrêté par Louis XIV pour ses malversations financières et pour avoir tenté de surpasser le monarque en somptuosité, La Fontaine prend la défense de son protecteur à travers deux textes, l'*Élégie aux nymphes de Vaux* (1661) et l'*Ode au roi pour M. Fouquet* (1663), avant de s'exiler pour un temps à Limoges. Pendant des années, le roi et son principal ministre, Colbert, lui en tiendront rigueur, et lui refuseront leur protection et tous les honneurs.

À son retour à la capitale, en 1663, l'écrivain entre au service de la duchesse d'Orléans, Marguerite de Lorraine (1615-1672), qui l'anoblit, et de la duchesse de Bouillon, Marie-Anne Mancini (1649-1714). En 1664, il publie *Joconde*, un premier conte qui est tiré du *Roland furieux* du poète italien l'Arioste (1474-1533) et qui est à l'origine d'un débat au sujet de la liberté de l'écrivain par rapport au modèle dont il s'inspire. Par ailleurs, son activité littéraire se diversifie dans plusieurs veines, dont une veine grivoise avec les *Contes* (1664-1665), qui font l'objet de critiques pour leur contenu licencieux, une veine moralisante avec les *Fables* (1668), qui rendent l'écrivain célèbre, une veine mythologique avec le roman *Les Amours de Psyché et de Cupidon* (1669) et, enfin, une veine religieuse avec les *Poésies chrétiennes* (1671).

DANS LE GIRON DE L'ACADÉMIE FRANÇAISE

À la mort de la duchesse d'Orléans, en 1672, La Fontaine est hébergé par Marguerite de La Sablière, dont il fréquente le salon, et dont il devient le secrétaire et ami. Aussi, entre 1673 et 1683, son écriture atteint-elle une certaine maturité, et ses *Contes* et ses *Fables*, dont il publie des suites (en 1666, 1671, 1674 et 1685 pour les *Contes*, et en 1671, 1678-1679 et 1693-1694 pour ses *Fables*) rencontrent-ils un certain succès. Il écrit également quelques pièces de circonstance lors de grands événements royaux comme des naissances ou des mariages.

COURTISAN OU ÉLECTRON LIBRE ?

La Fontaine entretient des rapports très ambigus avec Louis XIV : tout en cherchant à plaire au monarque, qu'il ne manque pas de louer pour ses succès et ses victoires, il refuse de renoncer à sa liberté, à ses amitiés, à ses convictions et à son esprit critique. Ainsi, il dédie le premier recueil de ses *Fables* au Dauphin, le second à Mme de Montespan (1640-1707), la maîtresse favorite de Louis XIV, puis le troisième à l'un des petits-fils de ce dernier. Toutefois, dans ces mêmes *Fables*, il ne manque pas d'égratigner les puissants et cela ne plaît guère au Roi-Soleil. De plus, il reste profondément attaché à Fouquet, qu'il défend sans hésitation. Enfin, il faut noter que la fable, au XVIIe siècle, est un genre mineur, voire légèrement méprisé. Pour retenir toute l'attention du monarque, il convient plutôt d'écrire des pièces de théâtre (tragédies ou comédies), de la poésie religieuse, des maximes ou encore des historiographies.

Par ailleurs, ses rêves de gloire théâtrale ne l'ont toujours pas quitté depuis l'échec essuyé avec *L'Eunuque*. En 1674, La Fontaine ambitionne donc de monter une pièce d'opéra, *Daphné*, avec le compositeur Jean-Baptiste Lully (1632-1687). Mais son projet échoue car le livret qu'il écrit ne plaît guère à son associé : profondément déçu et désireux de se venger de l'affront qui lui a été fait, La Fontaine insulte le célèbre musicien dans une satire intitulée *Le Florentin*.

En 1683, il est élu membre de l'Académie française pour remplacer Colbert. Mais il ne peut cependant pas entrer directement dans le cercle des académiciens : il est en effet en concurrence avec Boileau, et même si le scrutin lui est favorable, le roi, qui préfère l'auteur de *L'Art poétique*, décide de postposer son approbation. Finalement, en 1684, un autre fauteuil se libère et les deux écrivains rejoignent ensemble l'Académie. La Fontaine prend son nouveau rôle très au sérieux, appréciant sans doute la légitimité que celui-ci lui confère. Ainsi, lorsque la querelle des Anciens et des Modernes éclate en 1687, c'est tout naturellement qu'il prend position en se rangeant du côté des Anciens. Il répond au poème notoire de Charles Perrault, *Le Siècle de Louis le Grand*, par une *Épître à Mgr l'évêque de Soissons* (aussi appelée *L'Épître à Huet*), dans laquelle il affirme ne pas imiter les œuvres antiques sans y ajouter son empreinte personnelle.

UNE NOUVELLE FERVEUR RELIGIEUSE

En 1692, à l'âge de 71 ans, La Fontaine tombe gravement malade. Bouleversé, il est pris d'une ferveur religieuse toute nouvelle. Il demande alors à voir un prêtre et décide de renoncer à sa vie de libertin pour adopter un comportement chrétien : c'est ainsi qu'en février 1693, il renie publiquement ses *Contes*. La légende raconte qu'il aurait cependant proposé de donner des exemplaires de cette œuvre à son confesseur afin qu'il les vende et qu'il distribue aux pauvres l'argent récolté. Ses contemporains, refusant de voir une quelconque moquerie dans cette offre, auraient expliqué sa maladresse par l'étourderie de l'écrivain dont la nature distraite et rêveuse était notoire.

La Fontaine se remet finalement de sa maladie et continue à fréquenter l'Académie avec assiduité. Mais, le 9 février 1695, il est à nouveau victime d'un malaise et décède le 13 avril de la même année, dans l'hôtel du couple Hervart, à Paris. Il est enterré au cimetière des Innocents, où il repose encore aujourd'hui. La dépouille qui a été placée sous son mausolée au Père-Lachaise est en fait celle d'un anonyme : La Fontaine, ce grand étourdi, a en effet été lui-même victime de la distraction d'un autre lorsqu'il a fallu exhumer ses restes pour lui rendre hommage en 1792.

JULIEN (Pierre), *Jean de La Fontaine*, 1785, marbre, 1,73 x 1,10 x 1,29 cm, Paris, musée du Louvre. Cette statue grandeur nature de l'écrivain fait partie d'une série consacrée aux grands hommes français commandée par Louis XVI (1754-1793). Jean de La Fontaine est accompagné d'un renard, personnage emblématique de son œuvre, tandis que les bas-reliefs du socle représentent quelques-unes de ses fables les plus connues.

CARACTÉRISTIQUES

UN GOÛT PRONONCÉ POUR LA DIVERSITÉ

Jean de La Fontaine fait autant preuve de diversité dans ses goûts littéraires qu'avec les femmes. « Je suis volage en vers comme en amour », dit-il dans son *Discours à Mme de La Sablière*. Cela s'observe tout d'abord à travers la variété des genres dans lesquels il écrit, même s'il est surtout connu pour ses fables et ses contes. Amoureux de théâtre, il est l'auteur de *L'Eunuque*, une comédie, et de *Daphné*, un opéra. En tant que grand poète, il s'illustre dans la poésie héroïque avec *Adonis*, dans la poésie chrétienne avec le *Poème de la captivité de saint Malc* (1673) et dans la poésie scientifique et philosophique avec *Quinquina* (1682). Il écrit également des épîtres, dont la plus célèbre est *L'Épître à Huet*, et il compose volontiers des pièces de circonstance ou d'apparat, en l'honneur de Fouquet puis de Louis XIV.

La diversité est également au fondement même de l'art poétique de La Fontaine, qui prend plaisir à varier le nombre de mètres d'un poème à l'autre, à introduire des rimes changeantes ou encore à alterner les formes régulières et irrégulières, tout en respectant en grande partie les recommandations malherbiennes. Cette variété lui permet de donner davantage de mouvement et de dynamisme à sa production. Son originalité le pousse même à produire des œuvres hybrides, mêlant le vers et la prose, comme *Le Songe de Vaux* et *Psyché*, ou associant poésie et comédie, comme c'est le cas de *Clymène* (1671). Son œuvre est ainsi faite d'« harmonies subtiles et surprenantes d'éléments apparemment hétérogènes » (LEBRUN (Marlène), *Regards actuels sur les* Fables *de La Fontaine*, Villeneuve d'Ascq, Presses universitaires du Septentrion, 2000, p. 36).

Enfin, Jean de La Fontaine se démarque aussi par la diversité des sources dont il s'inspire. Comme tous les auteurs classiques, il imite les écrivains de l'Antiquité grecque et romaine. Ésope (VIIe-VIe siècles av. J.-C.), Térence, Horace (65-8 av. J.-C.), Phèdre (10 av. J.-C.-54 apr. J.-C.) et Apulée (vers 125-170) comptent parmi ses principales références. Mais il ne dédaigne pas pour autant l'héritage du Moyen Âge, et le *Roman de Renart* (1170-1250) ou les *Ysopets* de Marie de France (1154-1189) ont également donné leur matière à certaines de ses œuvres. Enfin, il se nourrit aussi des réalisations de certains auteurs plus récents, tels que les Italiens Boccace (1313-1375) et l'Arioste ou le Français Honoré d'Urfé.

UNE IMITATION QUI N'EST PAS ESCLAVAGE

Chez La Fontaine, imitation n'est pas synonyme de répétition ou de recopiage. Le célèbre fabuliste ne se satisfait pas d'être le simple écho de ceux dont il s'inspire. Il va beaucoup plus loin que cela : il réinterprète les œuvres et les fait siennes. Il se situe ainsi à cheval entre la création pure et l'imitation facile, recréant à partir de productions déjà existantes. Et dans certains cas, la transformation qu'il réalise est si importante qu'il devient très difficile de reconnaître les modèles sur lesquels il s'est appuyé.

Ainsi, lorsque La Fontaine remet au goût du jour les fables d'Ésope et de Phèdre, il refond complètement le genre de l'apologue (récit court avec une visée morale) afin de lui donner une nouvelle forme. Tout en conservant la trame originale des œuvres dont il s'inspire, il donne une profondeur supplémentaire aux personnages et développe l'action. Il transpose également les textes de ses prédécesseurs en vers, ce qui leur confère une musicalité nouvelle, et accomplit quelques prouesses stylistiques de son cru. De cette manière, La Fontaine donne aux fables antiques un nouvel éclat en même temps qu'une certaine légitimité sur le plan littéraire, en conformité avec les idéaux esthétiques de son époque. La métamorphose est telle qu'aujourd'hui encore, on ignore souvent que les fables d'origine étaient rédigées de manière concise et sommaire, en prose et sans véritable exercice de style. Voyons, à l'aide d'un exemple comparatif, en quoi consiste le travail effectué par La Fontaine :

LA CIGALE ET LA FOURMI D'ÉSOPE	*LA CIGALE ET LA FOURMI* DE JEAN DE LA FONTAINE
Dans la saison d'été, une fourmi rôdant dans la campagne, ramassait des grains de blé et d'orge, et les mettait en réserve pour s'en nourrir l'hiver. Un escarbot l'aperçut et s'étonna de la voir si laborieuse, elle qui travaillait au temps même où les autres animaux, débarrassés de leurs travaux, se donnent du bon temps. Sur le moment, la fourmi ne répondit rien ; mais plus tard, quand vint l'hiver et que la pluie détrempa les bouses, l'escarbot affamé vint demander à la fourmi l'aumône de quelque aliment. La fourmi lui dit alors : « Ô escarbot, si tu avais travaillé au temps où je prenais de la peine et où tu m'injuriais, tu ne manquerais pas à présent de nourriture. » Pareillement les hommes qui, dans les temps d'abondance, ne se préoccupent pas de l'avenir, tombent dans une misère extrême, lorsque les temps viennent à changer. (ÉSOPE, *Fables*, traduit par Émile Chambry, Paris, Les Belles Lettres, 1985)	La Cigale, ayant chanté Tout l'été, Se trouva fort dépourvue Quand la bise fut venue : Pas un seul petit morceau De mouche ou de vermisseau. Elle alla crier famine Chez la Fourmi sa voisine, La priant de lui prêter Quelque grain pour subsister Jusqu'à la saison nouvelle. Je vous paierai, lui dit-elle, Avant l'août, foi d'animal, Intérêt et principal. La Fourmi n'est pas prêteuse : C'est là son moindre défaut. Que faisiez-vous au temps chaud ? Dit-elle à cette emprunteuse. Nuit et jour à tout venant Je chantais, ne vous déplaise. Vous chantiez ? j'en suis fort aise : Eh bien ! dansez maintenant. (LA FONTAINE (Jean de), *Fables*, Livres 1-7, Paris, Gallimard, 1974)

LES *FABLES* : DÉNONCER LES TRAVERS DE LA SOCIÉTÉ

Jean de La Fontaine est l'auteur de 248 fables publiées dans trois recueils comprenant, au total, 12 livres. Il s'agit incontestablement de ses œuvres les plus célèbres. Le mot *fable* provient du latin *fabula* qui signifie « récit » ou « fiction », et désigne un genre littéraire présent dans de nombreuses cultures et remontant à des temps très anciens. La fable peut être décrite comme un court récit en vers ou en prose mettant essentiellement en scène des animaux personnifiés – et parfois des êtres humains particulièrement typés (comme la fermière, le berger, le sage ou la veuve, par exemple) – qui ont pour mission de mimer la société humaine. Elle utilise la fiction pour enseigner et délivrer un message à propos de la vie humaine et des rapports humains en général. Si, d'un point de vue littéraire, ce genre est considéré comme mineur, le but moraliste des *Fables* de La Fontaine leur vaut cependant un important succès : la France de Louis XIV se plaît en effet à décrire les mœurs des hommes.

Mais chez La Fontaine, la peinture de la société va de pair avec la dénonciation de ses travers. Dès lors, le fait de recourir à des personnages-animaux, notamment, lui permet de se protéger : ses accusations sont toujours cachées et non explicites. Il peut ainsi contourner la censure, qui est pourtant extrêmement sévère à l'époque. Pour percevoir le message qui se cache derrière ses récits, il faut les interpréter, or on ne peut condamner un auteur sur la base d'une simple interprétation.

Entre autres exemples, le fabuliste condamne l'hypocrisie des cour-tisans dans *Les Obsèques de la lionne*, l'art du paraître de la noblesse dans *Le Singe et le Léopard*, la vanité des puissants dans *Le Lièvre et la Tortue*, l'arbitraire de la justice dans *Les Animaux malades de la peste*, la soif de conquêtes dans *Le Chat, la Belette et le Petit Lapin*, etc. Il s'insurge aussi contre les conditions de vie difficiles des paysans dans *La Mort et le Bûcheron* et, bien sûr, il ne manque pas de défendre une nouvelle fois Fouquet : dans *La Grenouille et le Bœuf*, on peut en effet imaginer que le bovidé représente l'ancien surintendant des Finances et que la grenouille, envieuse et jalouse, n'est autre que Colbert. Toutefois, même si tout le monde s'accorde à dire que

La Fontaine est engagé socialement, la dimension politique de son œuvre de fabuliste est contestée, dans la mesure où ses *Fables* ne véhiculent ni programme ni utopie politique. D'ailleurs, La Fontaine ne réprouve pas l'absolutisme en lui-même et semble au contraire estimer qu'il est nécessaire de conserver un pouvoir fort pour garantir le bon fonctionnement du royaume : c'est en tout cas ce qu'il exprime dans *Le Bassa et le Marchand*.

L'EUNUQUE

L'Eunuque, une comédie en cinq actes et en vers, est la première œuvre publiée par La Fontaine. Il s'agit également du premier écrit dont on dispose de lui : ses compositions précédentes, si elles ont existé, ont disparu.

Thaïs, une jeune veuve, est éprise de Phédrie qui l'aime en retour et lui offre un eunuque. Mais le soldat Thrason, toujours accompagné de Gnaton, son confident habile en flatteries, lui fait du chantage : il a racheté Pamphile, une esclave que Thaïs considère comme sa sœur, et il propose de la lui rendre si elle lui accorde ses faveurs. La jeune femme demande alors à Phédrie de s'éloigner durant deux jours. Pendant ce temps, Chérée, le frère de Phédrie, s'introduit chez Thaïs en se faisant passer pour l'eunuque afin de pouvoir déposer un baiser sur la main de Pamphile, dont il est amoureux. De son côté, la jeune veuve retrouve le frère de Pamphile et découvre que celle-ci est en réalité de condition libre. À la fin de la pièce, Chérée épouse Pamphile tandis que Thaïs se marie avec Phédrie. Les jeunes gens parviennent également à tromper Thrason et à profiter de ses richesses grâce à un arrangement avec Gnaton.

Cette pièce comique est une adaptation libre de deux comédies de Térence intitulées *L'Eunuque* et *Les Adelphes*. Elle est en tout point fidèle à l'esthétique classique : le modèle est issu de l'Antiquité, la versification est soignée et agréable, les personnages sont naturels et modérément stéréotypés (dans la lignée de ceux de Térence), et, afin de respecter la règle de bienséance (qui exclut la représentation de scènes de violence ou de sexe), La Fontaine a pris soin d'effectuer quelques modifications par rapport aux originaux latins. Chez Térence, en effet, Chérée viole Pamphile au lieu de lui déposer un baiser chaste sur la main, et Thaïs n'est pas une jeune veuve mais une courtisane. La pièce est par ailleurs construite de manière très rigoureuse, sur des oppositions et des symétries : le sérieux et la passion lente de Phédrie contrastent avec l'impétuosité et le coup de foudre de Chérée ; Parménon, l'esclave de Phédrie, est le double de Pythie, la servante de Thaïs, dans le rôle de protecteurs bienveillants de leurs maîtres ; enfin, l'histoire se termine sur un double mariage, qui correspond à un heureux dénouement, comme l'exige le genre de la comédie.

Avec cette pièce, La Fontaine semble encore peu sûr de lui : il ne s'écarte finalement que peu du modèle de Térence. Il prend certes quelques libertés et du recul, mais c'est moins visible que dans ses œuvres suivantes. Toutefois, si on étudie attentivement la pièce, on constate que plus on avance dans l'intrigue, plus l'auteur se libère de ses modèles latins, comme s'il s'affirmait de plus en plus. Simplicité, unité et économie sont les maîtres mots de l'adaptation de La Fontaine qui resserre l'action et clarifie ainsi l'intrigue.

Cette première publication est toutefois un échec : la pièce n'est pas représentée au théâtre, ou alors elle ne fait que bien peu de bruit. La Fontaine, qui a plutôt l'âme d'un poète, ne possède pas le sens de la scène dont est pourvu Térence. Il n'empêche que *L'Eunuque* contient en germes toutes les promesses des œuvres ultérieures de l'auteur. Le thème de la jeune veuve multipliant les amants sera développé dans ses *Contes* où on retrouvera aussi le stratagème consistant à utiliser un déguisement pour arriver à ses fins. Quant à la réflexion de Gnaton sur la flatterie (acte 2, scène première, vers 395-452), elle annonce sans aucun doute la célèbre fable *Le Corbeau et de Renard* – le verbe *allécher* y est d'ailleurs déjà utilisé (vers 444), mais dans un sens plus abstrait que dans la fable.

LE COCU, BATTU ET CONTENT

Le Cocu, battu et content est un des premiers contes écrits par La Fontaine. Il s'agit d'une adaptation de la septième nouvelle de la septième journée du *Décaméron* (1349-1351) de Boccace, qui est elle-même dérivée de fabliaux français. Ce conte est publié pour la première fois en 1664, en même temps que *Joconde*, dans le recueil intitulé *Nouvelles en vers tirée [sic] de Boccace et l'Arioste*.

Un fils cadet tombe amoureux de la châtelaine d'un village qu'il traverse. Pour tenter de l'approcher, il entre au service de son mari, Messire Bon, comme fauconnier. Il faut peu de temps à la jeune dame pour remarquer le nouveau serviteur et le trouver à son goût. Rusée, elle invente alors un stratagème pour se débarrasser de Messire Bon : une nuit, elle lui annonce que le fauconnier, qui lui a fait des avances, attend qu'elle le rejoigne discrètement dans le jardin et elle le pousse à se déguiser en femme pour aller le vérifier lui-même. Une fois Messire Bon sorti, les deux amants prennent du bon temps. Puis le fauconnier se rend dans le jardin, au lieu de rendez-vous, et feignant d'apercevoir la dame, se met à sermonner et à châtier Messire Bon qui, se félicitant d'avoir une femme et un valet si fidèles, s'en trouve heureux.

Lorsqu'il se lance dans la rédaction de ses *Contes*, La Fontaine hésite entre deux manières d'écrire. La première consiste à utiliser des vers variés, libres et irréguliers qui se rapprochent de la prose par leur flexibilité ; l'autre à employer des vers égaux et des archaïsmes, dans la lignée du vieux langage marotique. Dans l'avertissement qu'il écrit pour introduire ses *Nouvelles en vers*, il demande à ses lecteurs de trancher et de déterminer « lequel caractère est le plus propre pour rimer des contes ». Finalement, les deux manières sont accueillies favorablement et La Fontaine continuera à les pratiquer toutes deux.

Dans *Le Cocu, battu et content*, c'est l'esthétique fixe et archaïque que l'on retrouve – la composition libre est présentée dans *Joconde*. Écrit en décasyllabes suivis, ce conte comporte de nombreux termes issus du vieux français. Parmi ces archaïsmes, on trouve entre autres l'expression « n'a pas longtemps » (vers 1), qui signifie « naguère », la formule « somme qu'enfin » (vers 15), qui équivaut à « de sorte qu'au total », ou encore le mot « onc » (vers 89), qui veut dire « jamais ».

Si La Fontaine s'inspire de Boccace, comme à son habitude, il se réapproprie l'œuvre de son modèle et y apporte quelques modifications de son cru. Ainsi, il réduit considérablement l'histoire initiale pour ne garder que le scénario de la farce elle-même : plusieurs épisodes, comme celui où la dame et son amant jouent aux échecs, sont retranchés. Il rapproche également le récit de ses origines en faisant de l'héroïne une châtelaine de village, et non plus une grande dame de Bologne. Quant à la thématique, l'amour, et plus particulièrement le libertinage, il s'agit du sujet principal des contes. L'amour est ici mis au service du rire : il n'est pas idéalisé mais consommé de façon cocasse. Le comique de situation se voit en outre renforcé par le double sens que prennent certains mots et certaines répliques. Par exemple, lorsque le mari enfile les vêtements de sa femme pour aller s'assurer de la fidélité de son valet, on dit qu'il « s'encornette » (vers 93). Au sens propre, cela signifie qu'il porte la coiffe normalement réservée aux femmes, afin que son déguisement soit complet, mais au sens figuré, on peut imaginer que La Fontaine se moque de lui et lui place les cornes du cocu sur la tête.

Toutefois, est-il bien raisonnable de conter les aventures de commères rusées, de moines paillards et de maris trompés à une époque où la règle de bienséance domine toute la production artistique ? La Fontaine sait que la situation est délicate et, afin de prévenir les critiques, déclare dans la préface de ses *Contes et Nouvelles en vers* (1665) que celui « qui voudrait réduire Boccace à la même pudeur que Virgile ne ferait assurément rien qui vaille [...] et pécherait contre les lois de la bienséance en prenant à tâche de les observer ». Pour se défendre, le conteur marque donc une différence entre la valeur éthique et la valeur esthétique de la notion de bienséance : il affirme que pour que les convenances soient respectées, il ne faut pas forcément que les sujets abordés reflètent les bonnes mœurs, mais bien que la production soit en parfaite adéquation avec le type de discours auquel elle appartient. Or la licence fait partie du genre du conte. Enfin, La Fontaine se protège aussi en disant que ses contes sont à la mode et qu'ils répondent simplement à une demande des lecteurs de son temps.

LES ANIMAUX MALADES DE LA PESTE

Les Animaux malades de la peste est une des fables les plus célèbres de La Fontaine. Elle est publiée pour la première fois en 1678, dans son deuxième recueil de fables. Alors que l'écrivain se montre très pédagogue et s'inspire majoritairement du fonds ésopique pour ses premières compositions, dans ce recueil, il diversifie ses sources, manifestant entre autres un intérêt nouveau pour le monde oriental. Dans le salon de Mme de La Sablière, il fréquente des hommes de lettres, mais aussi des savants, des voyageurs et des philosophes, et cela n'est pas sans conséquence sur sa production.

Les animaux, frappés par le terrible fléau qu'est la peste, se rassemblent autour de leur roi, le lion. Celui-ci affirme que la maladie est sans doute un châtiment du ciel et que le plus coupable d'entre eux doit donc se sacrifier pour le bien de tous, puis se confesse et avoue avoir dévoré des moutons ainsi que leur berger. Mais le renard, habile flatteur, prend immédiatement sa défense. Tour à tour, les animaux les plus puissants, comme le tigre et l'ours, confessent des fautes semblables et tous sont pardonnés. Le dernier à prendre la parole est le baudet. Prenant un air humble, il avoue avoir mangé une touffe d'herbe en passant dans un pré alors qu'il n'y était pas autorisé : contre toute attente, sa légère incartade est considérée comme un crime impardonnable par l'ensemble des animaux et il se retrouve condamné à mort.

DORÉ (Gustave), illustration pour *Les Animaux malades de la peste*, première édition du deuxième recueil des *Fables*, 1678.

Cette fable est très ancienne et trouve son origine dans deux traditions différentes, l'une orientale, l'autre médiévale et chrétienne. Elle semble tout d'abord provenir d'une fable de Pilpay (un Indien semi-légendaire qui aurait vécu au IIIe siècle) intitulée *Le Lion, le Corbeau, le Tigre, le Chacal et le Chameau*, qui dénonce la perfidie des rois et des courtisans, et dans laquelle un chameau subit un sort similaire à celui de l'âne. Mais elle dérive également d'une fable populaire que l'on trouve souvent dans les sermons des prédicateurs du Moyen Âge et qui dénonce le fait que le clergé a tendance à se montrer plus indulgent avec les grands qu'avec les petits : la confession des animaux, qui n'est pas présente chez le brahmane hindou, proviendrait donc de cette source chrétienne.

Dans son adaptation, La Fontaine ne semble avoir inventé que les circonstances initiales qui poussent les animaux à se rassembler, à savoir la peste. Sa description de la maladie et de ses effets sur les personnages pourrait cependant être inspirée d'autres sources telles que l'*Iliade* d'Homère, le prologue d'*Œdipe roi* de Sophocle (496/494-406 av. J.-C.), la *Guerre du Péloponnèse* de Thucydide (vers 460-395 av. J.-C.) ou encore l'introduction du *Décaméron* de Boccace. La Fontaine connaît en effet toutes ces œuvres dans lesquelles sont dressées des images de terres dévastées par la peste. Quant à la forme, elle est travaillée avec soin par le fabuliste qui utilise ici des vers irréguliers : il associe des alexandrins avec des octosyllabes et on trouve même un trisyllabe. Seule la morale est écrite uniquement en alexandrins, dans une régularité qui indique un retour aux choses sérieuses.

« Selon que vous soyez puissant ou misérable,/ les jugements de cour vous rendront blanc ou noir » : tel est l'enseignement délivré dans *Les Animaux malades de la peste*. La Fontaine dénonce l'arbitraire de la justice qui se montre clémente envers les puissants et excessivement sévère envers les plus démunis. Les animaux présents dans la fable se répartissent en effet en deux camps : d'un côté, il y les carnivores et les prédateurs, comme le lion, le renard, le loup et le tigre ; de l'autre côté, on trouve un herbivore, donc une proie, l'âne. Parce qu'il est le plus inoffensif, le moins armé pour se défendre, c'est ce dernier qui est sacrifié. Ne maîtrisant pas les codes du langage, il termine son discours en insistant sur sa faute, tandis que les puissants ont été capables de se servir de la parole pour se disculper. La Fontaine s'insurge également contre le fait que la cohésion sociale ne se maintient que si on charge un bouc émissaire (en l'occurrence, l'âne) de tous les maux et, enfin, il critique le fonctionnement de la cour à travers la relation qu'entretiennent le lion, symbole de la royauté, et le renard flatteur, qui représente les courtisans.

JEAN DE LA FONTAINE, UNE SOURCE D'INSPIRATION

Il est amusant de constater que le pasticheur Jean de la Fontaine est lui-même un des auteurs les plus pastichés de la littérature française. Il faut dire que le célèbre fabuliste a mis ses lecteurs au défi dans l'une des préfaces des *Fables*, en 1668, en disant qu'« il arrivera possible que [son] travail fera naître à d'autres personnes l'envie de porter la chose plus loin ». La postérité de son œuvre est telle qu'il est aujourd'hui très difficile de recenser l'ensemble de ses imitateurs.

La Fontaine se voit déjà imité de son vivant : c'est Boileau qui, le premier, se prête au jeu en produisant une adaptation de *La Cigale et la Fourmi* dans la huitième de ses douze *Satires* (1666-1706), qui porte sur l'homme. Puis, en 1694, on retrouve, dans le *Recueil Moetjens*, un pastiche publié anonymement qui se moque du penchant de Mme de Grignan (1648-1705) pour l'un de ses beaux-frères : « La cigale ayant baisé/ Tout l'été/ Se trouva bien désolée/ Quand Langeron l'eut quittée [...]. » (ANONYME, *Recueil de pièces curieuses et nouvelles, tant en prose qu'en vers*, La Haye, Moetjens, 1694, tome 2, p. 231)

Au xviiie siècle, La Fontaine intimide. Les fabulistes l'admirent, le prennent comme modèle et voient en lui un précurseur des Lumières en raison de la dimension critique de son œuvre, mais ils ne le pastichent pas vraiment, excepté à des fins pédagogiques. Ils préfèrent inventer de nouveaux sujets. Ce n'est qu'au xixe siècle que la pratique du pastiche reprend de la vigueur avec, notamment, Eugène Desmares (vers 1806-1839) et son recueil intitulé *Les Métamorphoses du jour ou La Fontaine en 1831*. Dans cette publication, Desmares se réapproprie toutes les *Fables* et n'hésite pas à remplacer les traditionnels animaux par des personnalités de son époque qu'il nomme par leur nom et contre lesquelles il s'indigne.

Au début du XXe siècle, à l'occasion du tricentenaire de la naissance de La Fontaine, Francis Jammes (1868-1938) écrit *Le Tombeau de Jean de La Fontaine* (1921), une œuvre poétique dans laquelle les principaux protagonistes des *Fables* défilent afin de rendre hommage à leur auteur. Paul Valéry (1871-1945), qui est connu pour avoir commenté l'*Adonis*, pastiche lui aussi La Fontaine, produisant notamment un distique inspiré des deux premiers vers de la fable *Le Corbeau et le Renard* : « Maître Cerveau sur son homme perché/ Tenait dans ses plis son mystère... »

Ensuite, dans la seconde moitié du XXe siècle, Raymond Queneau (1903-1976), membre de l'OuLiPo (Ouvroir de Littérature Potentielle, une sorte de laboratoire littéraire qui préconise, entre autres, l'utilisation de structures mathématiques dans la création littéraire), réécrit *La Cigale et la Fourmi*, qu'il rebaptise *La Cimaise et la Fraction*, selon la méthode S + 7, c'est-à-dire en remplaçant chaque mot de la fable initiale (à l'exception des outils grammaticaux) par le septième vocable de même nature présent après lui dans le dictionnaire : « La cimaise ayant chaponné tout l'éternueur/ Se tuba fort dépurative quand la bixacée fut verdie:/ Pas un sexué pétrographique morio de moufette ou de verrat [...]. » (OULIPO, *La Littérature potentielle*, Paris, Gallimard, 1973, p. 152)

Enfin, comment ne pas évoquer, pour terminer, le succès des *Fables* de La Fontaine dans les programmes scolaires ? Considérées aujourd'hui comme l'un des plus grands chefs-d'œuvre de la littérature française, elles sont en effet fréquemment étudiées à l'école, et ce dès les classes de primaire. Les enfants les apprennent et les récitent de bon cœur, afin de s'instruire tout en s'amusant. Preuve en est que les morales des *Fables* sont intemporelles et universelles.

EN RÉSUMÉ

- Jean de La Fontaine compose ses œuvres dans la France du XVIIe siècle, sous le règne de Louis XIV. S'il ne compte pas parmi les auteurs favoris du monarque, il bénéficie de la protection d'autres mécènes : Nicolas Fouquet, tout d'abord, puis la duchesse d'Orléans et la duchesse de Bouillon, et, enfin, Mme de La Sablière. En 1683, il est élu membre de l'Académie française.

- Il s'agit d'un écrivain paradoxal et plein de contrastes : de sa plume naissent tantôt des contes grivois, tantôt des poèmes religieux. Il est aussi amusant de constater que celui qui revêt un habit de moralisateur pour écrire les *Fables* est en fait un personnage profondément libertin, relativement réfractaire aux règles et peu soucieux de son rôle de père de famille.

- Le mot « diversité » est celui qui qualifie le mieux l'œuvre de La Fontaine, qui écrit dans une multitude de genres, construit des œuvres hybrides, varie le nombre de mètres et les rimes, et s'inspire de sources très diverses.

- Dans la querelle des Anciens et des Modernes, La Fontaine se range officiellement du côté des Anciens. Mais cela ne l'empêche pas d'être moderne dans ses idées : il n'imite pas les auteurs antiques sans se réapproprier leurs œuvres et innover.

- Contrairement à ce que l'on pense parfois, il n'est pas l'inventeur de la fable, mais il a donné à ce genre ancien un nouvel éclat, une valeur poétique et une légitimité sur le plan littéraire.

- La Fontaine est aussi un auteur engagé qui n'hésite pas à critiquer Louis XIV et sa cour. Mais il n'est pas pour autant un révolutionnaire : aucun programme politique ne se cache derrière ses reproches.

- Enfin, c'est un des écrivains les plus pastichés de la littérature française. Entre Boileau, au XVIIe siècle, et Raymond Queneau, au XXe siècle, la liste de ceux qu'il a inspirés est longue !

SOURCES BIBLIOGRAPHIQUES

- Anonyme, *Recueil de pièces curieuses et nouvelles, tant en prose qu'en vers*, La Haye, Moetjens, 1694.
- Bared (Robert), *La Fontaine*, Paris, Seuil, 1995.
- Collinet (Jean-Pierre), *La Fontaine en amont et en aval*, Pise, Libreria Goliardica, 1988.
- Collinet (Jean-Pierre), *Le Monde littéraire de La Fontaine*, Gap, Imprimerie Louis-Jean, 1970.
- Dandrey (Patrick), *La Fabrique des* Fables. *Essai sur la poétique de La Fontaine*, Paris, Klincksieck, 1991.
- Dandrey (Patrick), *La Fontaine face au pouvoir : courtisan ou rebelle ?*, Porto, Universidade do Porto, 2005, consulté le 24/04/2015.
  http://ler.letras.up.pt/uploads/ficheiros/5811.pdf
- Duchêne (Roger), *La Fontaine*, Paris, Fayard, 1990.
- Ésope, *Fables*, traduit par Émile Chambry, Paris, Les Belles Lettres, 1985.
- « Fable », in *Larousse*, consulté le 25/04/2015.
  http://www.larousse.fr/encyclopedie/divers/fable/50876
- Guiderdoni (Agnès), « L'écrivain à travers la Querelle des Anciens et des Modernes », in *Écrivains : modes d'emploi. De Voltaire à bleu Orange*, Morlanwelz, Musée royal de Mariemont, 2012, p. 25-37.
- Hanlet (Camille), *Jean de La Fontaine. Étude littérale et littéraire de 30 fables comparées avec leurs sources*, Liège, Dessain, 1962.
- Jaubert (Anna), « La Fontaine, l'Ancien et le Moderne. Rupture et continuité humanistes », in *Rursus*, n° 6, 2011, consulté le 02/03/2015.
  http://rursus.revues.org/529

- « Jean de La Fontaine », in *Larousse*, consulté le 10/02/2015.
  http://www.larousse.fr/encyclopedie/personnage/Jean_de_
  La_Fontaine/128410
- LA FONTAINE (Jean de), *Fables. Livres 1-7*, Paris, Gallimard, 1974.
- LA FONTAINE (Jean de), *Fables. Livres 8-12*, Paris, Gallimard, 1974.
- « L'art baroque », in *Larousse*, consulté le 23/04/2015.
  http://www.larousse.fr/encyclopedie/divers/l_art_baroque/25737
- LEBRUN (Marlène), *Regards actuels sur les* Fables *de La Fontaine*,
  Villeneuve d'Ascq, Presses universitaires du Septentrion, 2000.
- « Le classicisme en littérature », in *Larousse*, consulté
  le 24/02/2015.
  http://www.larousse.fr/encyclopedie/divers/le_classicisme_
  en_litt%C3%A9rature/185913
- MAUREL-INDART (Hélène), « Les règles du savoir-plagier », in *Le
  Magazine littéraire*, mars 2010, n° 495, p. 12-15.
- OULIPO, *La Littérature potentielle*, Paris, Gallimard, 1973.

SOURCE COMPLÉMENTAIRE

- Le musée Jean de La Fontaine à Château-Thierry. Il s'agit en réalité
  de la maison du poète devenue musée.
  http://www.musee-jean-de-la-fontaine.fr

SOURCES ICONOGRAPHIQUES

- DORÉ (Gustave), illustration pour *Les Animaux malades de la peste*,
  première édition du deuxième recueil des *Fables*, 1678. La photo
  reproduite est réputée libre de droits.
- JULIEN (Pierre), *Jean de La Fontaine*, 1785, marbre, 1,73 x 1,10 x 1,29 cm,
  Paris, musée du Louvre. La photo reproduite est réputée libre
  de droits.

www.50minutes.com

Éditeur responsable : Lemaitre Publishing
Rue Lemaitre 6 | BE-5000 Namur
info@lemaitre-editions.com

ISBN ebook : 978-2-8062-6332-2
ISBN papier : 978-2-8062-6333-9
Dépôt légal : D/2015/12603/97
Photo de couverture : © *Portrait de Jean de La Fontaine* (avant 1868), par Gustave Doré.

Conception numérique : Primento,
le partenaire numérique des éditeurs